Mindset
Using Sentences

삶의 태도를 가다듬는
76가지 글과 필사

문장
마인드셋

길경자 김미경 김민경 김민주 김보승
김순애 김연진 김이루 김정화 김지혜
백미정 서혜주 송지은 유선아 이성화
이정숙 전은숙 진은혜 최덕분

대경북스

문장 마인드셋

1판 1쇄 인쇄 2024년 1월 2일
1판 1쇄 발행 2024년 1월 5일

발행인 김영대
편집디자인 임나영
펴낸 곳 대경북스
등록번호 제 1-1003호
주소 서울시 강동구 천중로42길 45(길동 379-15) 2F
전화 (02)485-1988, 485-2586~87
팩스 (02)485-1488
홈페이지 http://www.dkbooks.co.kr
e-mail dkbooks@chol.com

ISBN 979-11-7168-012-2 03810

한 문장이면 충분합니다

환영합니다!

우리가 어떤 삶을 살아왔든, 이 책을 통해 만나게 된 것은 운명이라고 생각해요. 이 책을 선택해 주신 여러분의 지혜에 박수를 보내 드립니다.

3

* 누리다 : 생활 속에서 마음껏 즐기거나 맛보다.

저희 작가들은 여러분이 이 책과 함께 삶을 누리게 되길 바랍니다. 우리 모두가 한 번 즈음 고민하고 도전하고 쟁취했을 법한 삶의 태도들이 적혀 있으니까요. 즐거운 마음으로 과거를 소환하여 '나도 이런 결심을 했던 적이 있었지.'라며 씨익, 미소 한 번 지어 주세요.

그리고 잊고 있었던 마음의 한 조각을 찾게 되길 바랍니다. 우린 알고 있습니다. 어떤 선택을 해야 옳은 것인지 말이지요. 그러나 나를 가만두지 않는 것들이 참 많아요. 성벽 같았던 의지가 이

내 무너져 내리고 맙니다. 그래서 우리에게 필요한 건 독서이고, 독서를 통해 다시금 힘을 얻어야 합니다. 영감을 얻으시고, 에너지를 모아 여러분이 원하고 있는 결과를 쟁취하시길 바랍니다.

삶의 태도를 가다듬는 76가지 글과 필사

이 책의 부제입니다. 한 번뿐인 내 인생, 제대로 누리고 영감을 얻고 에너지를 모으기 위해서는 작은 실천들을 축적해야겠지요. 삶의 태도를 가다듬을 수 있는 조금의 독서 시간으로 신께서 허락해 주신 여러분의 잠재력을 깨워 주세요.

이 책은 바쁜 여러분의 삶을 고려해 하루에 몇 분만 시간을 내면 되도록 구성했습니다. 오직 여러분을 위한 전략과 기술입니다. 결단하시고 다시금 열정을 출발시켜 주세요. 그러면 여러분의 삶은 윤택해지고 성장할 것입니다.

순서대로 읽으셔도 좋고, 목차를 보며 마음의 시선이 머무는 제목의 페이지를 찾아 읽어도 좋습니다. 최소한의 시간 투자로 최대의 결과를 얻을 수 있도록 앞으로 76일 동안 이 책을 곁에 두세요. 화장실 갈 때도 가져가시고, 외출할 때 가방에 넣어주시고, 손에 쥔 휴대폰에 이 책도 끼워 주세요.

행동 없이는 아무 일도 일어나지 않습니다. 한 문장 필사(베끼어 쓰다)도 행동하는 것입니다. 독서 후, 필사로 행동하세요. 그리고 필사한 문장을 사랑스러운 눈빛으로 바라보면서 이렇게 외치는 겁니다.

"이제 너는 내 것이다!"

그렇습니다. 여기 수록되어 있는 76가지 글과 76가지 필사 문장은 여러분을 위해 태어났습니다.

* 문장 : 생각이나 감정을 말과 글로 표현할 때 완결된 내용을 나타내는 최소의 단위.
* 마인드셋 : (흔히 바꾸기 힘든) 사고방식이나 태도.

우리의 마인드셋을 지키거나 바꾸는 것, 한 문장이면 충분합니다.

저희 작가님들과 함께 여러분의 삶을 도울 수 있어 무한 감사합니다. 글과 책이라는 도구로 더 멋지게 날개를 펼칠 여러분을 응원합니다.

우리, 더 높은 곳에서 만나요.

책 쓰기 코치
백미정

책 활용 방법

1. 하루 시작 전이나 일과를 마치고 혼자만의 시간을 확보해 주세요.

2. 순서 상관없습니다. 한 편의 글을 선택해서 3분 동안 집중해서 읽습니다.

3. 독서 후 떠오르는 생각이나 감정에 몰입합니다.

4. 놓치기 싫은 생각이나 감정이 있다면, 책 여백에 기록합니다.

5. 한 문장 필사를 합니다.

6. 필사 후, 지금 당장 할 수 있는 행동이 무엇인지 생각합니다.

   ex) 거울을 보고 필사한 문장 외치기, "감사합니다." 말하기, 설거지하기 등

7. 그리고 행동합니다.

8. 축하합니다! 여러분은 성공했습니다!

Contents

차 례

7

8

Contents

당신의 신념을 행동으로 옮겨라.

• 랄프 왈도 에머슨 •

1.
용기의 원천

길경자

삶의 무게가 무거울 때,

우리 모두에게 있지요.

힘든 삶을 잘 살아낸 모습 뒤에는

타인이 나에게 준 특별한 신호가 있다는 걸 아시나요?

사랑하는 사람들끼리 서로 주고받을 수 있는 무한 긍정 신호는

바로 '신뢰'가 아닐까요?

신뢰는 마음과 몸을 움직이게 하는 힘이 있어요.

인생에 닥쳐오는 큰 파도를 막을 수는 없지만

파도를 탈 수 있는 용기는 사랑하는 사람이 보내주는
신뢰가 있기 때문일 거예요.

당신에게 변함없이 신뢰를 보내주는 일등 응원군에게
오늘은 온 마음으로 '고맙다' 말하며
따스하게 안아 주는 건 어떨까요?

신뢰는
말과 따스한 품 안에서 성장합니다.

한 문장 필사

신뢰는 인생의 파도를 탈 수 있는 용기를 준다.

2.
그리고 걸어봅시다

길경자

"아하!" 하고 무릎을 탁! 쳐 본 경험,

여러분은 있으신가요?

'깨달음'이란,

'마음 깊이 생각하는 습관으로 알아낸 그 무엇'이라고 합니다.

깨달음은

마치 몸속에 미세한 세포들처럼,

삶 속에서 끊임없이 살아 움직이면서 생명력을 발휘합니다.

깨달음은

성숙한 삶을 만들어가는 힘으로

마음 밭에 뿌려진 씨앗처럼
내 안에서 오늘도 내일도 자라고 있어요.

혹시, 깨달음의 시간이 필요하신가요?
그렇다면 지금의 자리에서 일어나 밖으로 나가 보세요.
그리고 걸어봅시다.
한 걸음, 두 걸음 깨달음이 쌓인 여러분의 날은
시간이 흐를수록 더욱 반짝이게 될 거예요.

깨달음은
내 삶의 발자국만큼이나 커질 것이라는 믿음으로
계속 앞으로 나아가기로 약속해요.

15

한 문장 필사

오늘도 깨달음이 무럭무럭 자란다.

3.
심장이 뛰고 있다는 사실

길경자

끈기 있게 어떤 일을 실행하는 것,
참 중요하지요.
그것을 지속할 수 있는 힘은 어디서 나오는 것일까요?

여러분이 이루고자 하는 일을 결단하고 작정했던
그 순간의 가슴 떨림을 기억해 보세요.
실행에 제동이 걸려도
뜨거운 심장이 있다는 걸 다시금 알게 될 겁니다.

심장이 뛰고 있다는 사실에 집중해 볼까요?

신께서 지금까지 나의 심장을 지켜주신 이유가 무엇일까요?

여러분이 계획하고 실행하고 있는 일을 통해

다른 사람들의 삶을 도와주라는 뜻이 아닐까요?

내가 이 세상에 태어난 큰 뜻을 이루기 위해서는

'끈기'가 필수입니다.

여러분의 심장을 뛰게 하는 그 일에 조금 더 집중해 보세요.

여러분은 할 수 있습니다.

여러분은 끈기 있는 사람입니다.

한 문장 필사

나는 무엇이든 해내는 끈기가 있다.

4.
기여

길경자

'기여하는 삶'이란 무엇일까요?

사람들은 기여를 말할 때

규모나 마음을 너무 크게 생각하는 것 같아요.

존재만으로 우리는 이미 삶이라는 터전에서

누군가에게 선한 영향력을 끼치며 기여하고 있는데 말이죠.

가정에서 부모의 자리를 지키는 것이 기여이고

자녀가 잘 자라게 하는 것도 기여이지요.

가족 중 한 사람의 자리가 비어 있을 때

존재 자체가 기여라는 것을 알 수 있어요.

누군가의 기여를 당연하게 생각하면 안되겠습니다.
오늘도 우리 모두는
서로에게 가장 소중한 일상을 존재로 기여하며 살아가고 있음에
진심으로 감사해야겠어요.

여러분의 존재 자체가
기여입니다.

한 문장 필사

존재 자체로 기여의 삶은 시작됩니다.

1.
우리를 성장시켜 주는 것

김미경

세상에서 가장 엄격한 비판자는 누구일까요?

바로 자기 자신이죠.

비판이 습관이 되면 늘 자신과 주위 사람들을 고치려고 하죠.

그러나 비판만으로 사람을 성장시킬 수 없어요.

칭찬과 격려는 열 번, 비판은 한 번만 하는 게 어떨까요?

잘 한다.

잘 하고 있어.

앞으로도 잘 할 거야.

참 좋은 말입니다.

이렇게 칭찬과 격려의 말을 해 주고 싶은 한 사람을
떠올려 볼까요?
어떤 표정과 행동을 보일지도 상상해 보세요.
자신에게 같은 말을 해 준 뒤 그 기분을 느껴 보세요.

칭찬과 격려를 먹고 한 뼘씩 성장함을 경험할 것입니다.

한 문장 필사

칭찬과 격려는 우리를 성장시킨다.

2.
사소한 움직임

김미경

일상 속 사소한 싸인을 방치할 때
순식간에 몸과 마음을 잠식하는 감정,
바로 '불안'입니다.

여러분은 불안을 몰아내기 위해 무엇을 하시나요?
저는 10분 알람을 맞춰 놓고 눈을 감습니다.
무슨 생각이든 떠오르게 내버려 둡니다.
갑자기 계획을 세우기도 하고,
누군가의 기분 나쁜 말,
아침에 먹은 음식도 생각납니다.

그러다가 알람 소리에 눈을 뜨면 잘 쉬었다는 느낌이 듭니다.

여러분도 지금 당장 할 수 있는 것들을 찾아 무작정 시작해 보세요.
좋아하는 노래를 듣거나,
맛있는 커피를 마시거나,
스트레칭하거나,
카톡을 보내거나,
창밖을 보는 것만으로도 자신에게 휴식을 줄 수 있습니다.

불안이 가득했던 마음에 긍정 에너지가 생긴 것이 느껴지죠?
자, 몸을 움직여 볼까요?

23

한 문장 필사

불안을 걷어낼 수 있는 방법, 사소한 움직임이다.

3.

초연

'초연'이란 무엇일까요?

해결해야 할 문제들 앞에 눈 감고 대책 없이 사는 것이 아니지요.

현실 속에서 살지만, 현실에 갇히지 않는 것입니다.

꿈을 꾸고 비전을 품는 것입니다.

시간, 공간, 관계를 벗어나

더 넓고 깊은 시선으로 문제를 바라보면

나도, 그 사람도, 그 상황도 너무나 작은 점입니다.

그렇게 좌절할 것도,

그렇게 두려워할 것도,
그렇게 속상해할 것도 없지요.

현실에 지배받을 것인가,
현실을 지배할 것인가,
우리의 선택에 달려 있습니다.

'초연'을 연습해 보세요.
숨을 들이마시고 내쉬어 보세요.
문제라고 생각하는 것을 종이에 써 보세요.
낮잠을 주무세요.

25

그리고 생각과 감정을 재배치해 보는 겁니다.
초연은 여러분의 것입니다.

한 문장 필사

초연, 현실을 다스리는 지혜다.

4.
수용

김미경

어떻게 하면 수용을 잘 할 수 있을까요?

어떻게 해야 자기 자신과 주위 사람들,

무엇보다 인생의 무게를 잘 받아들일 수 있을까요?

아무리 발버둥 쳐도 어쩔 수 없는 운명이라고 체념하거나

좋은 게 좋은 거라는 자기기만으로 살아야 할까요?

사실 내가 모를 수도 있고, 틀릴 수도 있다는 것을 부정하며

고집 부리고 있는지도 몰라요.

그렇다면 자존심을 내려놓을 때

수용이 훨씬 쉬어지겠네요.

이 시간,

아이들과 남편, 부모님과 주위 사람들을 잘 안다는 생각을

내려놓습니다.

내가 나를 잘 모른다는 것을 인정합니다.

인생에는 내가 어쩔 수 없는 것들이 많다는 사실을

되새깁니다.

여러분도 저도

겸허함을 가지고 수용을 실천해 봐요.

더 많은 자유와 행복을 만끽할 수 있으리라는

예감이 듭니다.

27

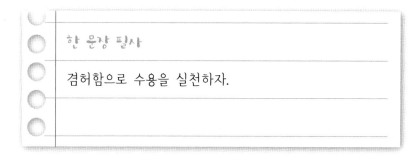

한 문장 필사

겸허함으로 수용을 실천하자.

1.
함께 살아가는 기쁨을 누릴 수 있는 방법

김민경

사람들과의 관계에서 함께 살아가는 기쁨을 누릴 수 있는 방법,
'배려'입니다.
나만 생각하는 이기심을 내려놓고
상대방의 입장에서 생각해 볼 수 있는 마음의 여유를 가진다면
우리의 삶, 우리의 관계는 어떻게 성장할지
즐거운 상상을 해 봅니다.

어떤 일이 일어날지 통제할 수 없지만,
상대방을 배려하여 반응하고 행동하는 것은
우리 스스로 선택할 수 있습니다.

상황도 예측할 수 있지요.

오늘 내가 배려해야 할 소중한 사람을 떠올려 보세요.
그리고 그를 배려하는 마음을 표현해 보세요.
이것이 살아가는 기쁨 아닐까요?

한 문장 필사

배려는, 우리의 삶을 풍요롭게 만들어 준다.

2.

감사 훈련

김민경

우리는 삶에서 누리고 있는 것들을 당연하게 여길 때가 많습니다.

내 뜻대로 이루어지지 않으면 불평불만까지 해요.

나의 몸, 가족과 이웃, 환경 등

감사히 여겨야 할 것들이 너무나 많은데도 말이지요.

감사는 '고맙게 여기는 마음'입니다.

그리고 감사는 저절로 이루어지는 결과가 아닙니다.

감사를 이룰 수 있는 방법은 무엇일까요?

감사하는 마음을 가질 수 있도록 훈련하는 것을 추천드려요.

1분 동안 하늘 바라보며 예쁜 파란색에 감사하기.

차 한 잔 마시며 여유에 감사하기.

지금 글을 읽을 수 있는 건강한 눈에 감사하기.

감사를 생각하는 순간에 감사하기.

감사를 결과로 보여줄 수 있도록

오늘 내가 감사할 수 있는 내용들을 써 볼까요?

여러분은 불평하는 마음보다

감사의 마음을 가지는 게 어울려요.

한 문장 필사

감사하는 마음을 훈련하자.

3.
확신

김민경

어떻게 하면 내가 하는 일에 확신을 가질 수 있을까요?

먼저 내가 어떤 사람인지 정체성을 생각해 보세요.

그리고 어떤 가치를 소중하게 여기는지 살펴보면 좋겠어요.

나에게 집중하는 시간들이 축적되어 갈수록

내 일에 대한 확신도 가질 수 있을 겁니다.

확신이 필요할 때마다

나와 대화하는 시간을 가져보세요.

나에 대한 확신을 가진다면

당신이 이루지 못할 일은 없습니다.

한 문장 필사

확신은 앞으로 나아갈 수 있는 원동력이다.

4.
수용

김민경

수용이란 무엇일까요?

수용의 사전적인 의미는 '어떠한 것을 받아들이는 것'이라고 합니다.

상대방을 내 잣대로 바라보는 것이 아니라

그 사람의 있는 모습 그대로를 받아들이는 것이

수용이라는 생각이 듭니다.

여러분은 수용의 경험을 해본 적이 있나요?

저는 저를 있는 모습 그대로 사랑하고 받아주신 스승님이 계십니다.

제 삶은 그분을 만나기 전과 만난 후로 달라집니다.

여러분의 삶에도 여러분을 수용해 주신 분들이 계실 것입니다.

이제는 여러분이 그 한 사람이 되기를 바랍니다.

상대방이 행복해지기를 바라나요?
그렇다면 수용해 주세요.
상대방을 있는 그대로 바라봐 주세요.
그 사람의 단점을 고쳐서 바꾸려는 마음을 내려놓고
먼저 수용해 주세요.

여러분은 이미 수용의 능력을 가지고 있습니다.
이제 그 능력을 발휘할 때입니다.

한 문장 필사

수용은 한 사람을 있는 모습 그대로 받아들이고 사랑하는

태도입니다.

1.
이해는 너와 나의 연결 고리다

김민주

지금 당신의 마음은 안녕한가요?

마음의 소리를 듣고 싶은가요?

그럼 지금부터 마음의 소리를 찾아 함께 여행을 떠나 볼까요?

너무 애쓰지 않아도 괜찮아요.

이해하려고 하다 보면 더 따뜻한 세상을 만날 수 있어요.

인생을 살다가 어떤 순간이 오든

상대를 진심으로 마주할 때 찾아오는 평온함을 믿는다면 말이죠.

지금 이 순간

마음을 알고 싶은 사람이 있나요?

소중한 그 사람에게 이렇게 말해 보는 건 어떨까요?

"당신 덕분에 설레고 행복해요."라고요.

마음의 소리에 귀 기울이는 당신,

이미 관계의 소중함을 배우셨네요.

한 문장 필사

이해는 너와 나의 연결 고리다.

2.
참 좋은 것

김민주

한결같은 당신,
편안한 당신,
참 좋습니다.

"여전하네. 늙지도 않아."
오랜만에 찾아 온 고객의 말에 나를 돌아보게 됩니다.
30년이 넘는 시간, 같은 공간에서 일하는 나에게
편안해서 좋다는 사람들이 있어 행복합니다.

여러분은 변함없이 꾸준히 어떤 일을 해 본 적 있나요?

한결같음은 꾸준함, 끈기와 쌍둥이인 것 같습니다.
여러분이 좋아하는 일 중 한 가지만 떠올려 보세요.
그리고 끈기를 가지고 꾸준하게 해 보겠다고
다짐해 보시는 건 어떨까요?
때로는 지루하게 느껴지기도 하지만
지루함 뒤에 찾아오는 성취와 뿌듯함을
선물로 받게 되실 거예요.
한결같은 사람이 된다는 것도 덤으로 말이죠.

한결같은 사람이 된다는 것,
한결같이 좋아하는 일이 있다는 것,
참 좋습니다.

한 문장 필사

한결같이 편안하다는 것, 참 좋습니다.

3.
선물

김민주

'왜 이렇게 어깨가 무겁지?'

제 마음을 가만히 들여다보니

뭐든지 해내야 한다는 책임감이 저를 누르고 있었어요.

저는 생각을 바꾸었습니다.

'내 삶을 책임지는 건 당연한 거야.'라고 말이죠.

여러분도 책임감으로 힘든 순간이 있을 거예요.

그럴 때마다 '내 삶을 책임지는 건 당연한 거야.'라고

생각해 보시는 건 어떨까요?

삶의 무게가 조금씩 줄어드는 순간마다

"와우! 잘 하고 있어." 따뜻하게 격려해 주는 나를 만나는 순간이 찾아옵니다.

책임감의 무게만큼 내 삶의 당당한 주인공으로
세상과 마주해 보세요.
책임감은 살아있기 때문에 느낄 수 있는 선물입니다.

한 문장 필사

책임감은 살아있기 때문에 느낄 수 있는 선물이다.

4.
사랑은 인생과 동행하는 선물이다

김민주

'눈물샘에 고장이 난 걸까? 사람들이 보는데 왜 이러지?'

이혼 준비를 위해 변호사 사무실을 나서던 날이 생각나네요.

잘 살아 왔다고 생각했던 나의 삶과 자존심이

바닥으로 떨어지던 날.

밀려오는 고통을 마주 할 수 없어 세상을 등지고 싶었던 순간.

"엄마, 오늘 왜 이렇게 일찍 왔어?"

환하게 웃으면서 두 팔 벌려 뛰어 오는 아들의 사랑을

온 몸으로 느꼈어요.

그 사랑의 느낌 덕분에 이제는 말씀드릴 수 있어요.

여러분,

아픔이라는 포장지 속에 감추어져 있던

사랑이라는 선물을 받았던 날들을 떠올려 보세요.

사랑받기 위해 애쓰며 살았던 순간들도 떠올려 보세요.

사랑을 주기 위해 노력했던 일들도 떠올려 보세요.

우리는 이미

사랑을 받았고 사랑을 주었던 사람들일 겁니다.

소중한 사람들을 더욱 사랑하면서

그리고 그 사람들에게 더욱 사랑받으면서

최고로 행복한 삶을 만들어 보는 것,

어떨까요?

사랑은 인생과 동행하는 선물입니다.

한 문장 필사

사랑은 인생과 동행하는 선물입니다.

1.
기쁨이 무엇인지는 마음이 가르쳐 줍니다

김보승

지금 너는 마음이 어때?

그냥 쉬고 싶어.

내 마음이 답해 주었어요.

마음이 가르쳐 주는 대로 하면 나는 기뻐요.

힘들 때도 있지만,

재미있는 일이 무엇인지 생각할 수 있도록 마음이 도와주면

기쁨이 생기는 경험을 할 수 있어요.

함께 기쁨을 나누고 싶은 사람을 생각해 보세요.

그 사람은 내가 좋아하는 사람입니다.

"엄마, 나 오늘 새벽까지 노니까 너무 기뻐."

저는, 제가 제일 좋아하는 엄마에게 기쁜 제 마음을

신나게 말한답니다.

엄마는 걱정스런 눈빛으로 저를 바라보시지만

나는 알아요.

엄마가 나를 얼마나 사랑하는지 말이죠.

엄마의 마음을 알아차린 나,

그래서 더 기뻐요.

지금 여러분의 기쁨은 무엇인가요?

여러분에게 기쁨을 주는 사람은 누구인가요?

한 문장 필사

기쁨이 무엇인지는 마음이 가르쳐 줍니다.

2.
마음과 행동을 바르게 해 주는 것

김보승

제 마음과 행동을 바르게 해 주는 것,
'성실'입니다.

"너 참 성실한 아이구나. 착하고 바르게 자라서 멋지다."
선생님께 칭찬을 받았어요.
'나 오늘 뭐 했지?'
생각해 보니 친구가 깜빡하고 간 청소를 제가 했더라고요.
저는 그냥 깨끗하면 좋을 것 같아서 청소했는데
이렇게 칭찬을 받네요.

어떤 행동을 하면 성실하다는 말을 듣게 될까요?
내가 할 수 있는 일에 최선을 다하면
우리 모두 성실한 사람이 되지 않을까요?

오늘도 저는 성실하게 살 것 같아요.
여러분의 오늘은 어떠할지 궁금합니다.
감사합니다.

47

한 문장 필사

내가 할 수 있는 일에 최선을 다해요.

3.
친절

김보승

'친절'이라는 단어를 보는 순간
나는 엄마가 생각났어요.
다른 사람들이 뭐라고 해도
엄마는 나에게 세상에서 가장 친절하니까요.
나에게 '친절'의 또 다른 이름은 '엄마'랍니다.

친구들이 나에게 얘기해요.
"너는 항상 친절해서 좋아."
'친절한 건 우리 엄마인데, 내가 엄마를 닮았나?' 하는 생각이 들고
기분도 좋아져요.

친절이 가득한 세상은 언제나 행복할 것 같아요.

우리 같이 행복한 세상 만들어 보는 것, 어때요?

친절은 행복을 선물해 줍니다.

한 문장 필사

친절은 행복을 선물해 줍니다.

4.
공감은 나를 멋지게 만들어 줍니다

김보승

"엄마는 너의 마음을 공감하기 위해 노력중이야."

월요일 아침, 문득 엄마의 말이 생각났어요.

'그래, 엄마한테 지금 내 마음 이야기를 해 보자.'

그리고 엄마에게 다가가 솔직하게 말했어요.

"엄마, 나 오늘 너무 피곤해서 학교 가기 싫어."

웃음 짓던 엄마의 작은 눈이 구슬처럼 커졌어요.

"주말에 실컷 놀고 무슨 말도 안 되는 소리야?

학생이 학교를 가야지. 얼른 준비해."

"엄마는 거짓말쟁이야. 내 마음 공감한다고 해 놓고 엄마 생각만

하네."

문을 쾅 닫고 학교로 가는 길에 속상했지만 문득 궁금해 졌어요.
'공감이 뭘까?'

여러분은 공감이 어떤 거라고 생각하세요?
저는 상대방의 말을 듣고 기분을 인정해 주는 게
공감이라고 생각해요.
친구끼리 공감을 해 준다면 학교폭력도 없고,
왕따도 없지 않을까요?
우리 모두 즐거운 학교생활을 위해
친구의 마음을 공감해 보지 않으실래요?
나도 친구도 웃을 수 있는 오늘을 함께 만들어 가요.

51

공감은 나를 멋진 친구로 만들어 줍니다.

한 문장 필사

공감은 나를 멋진 친구로 만들어 줍니다.

1.

평온함을 얻을 수 있는 방법

김순애

바쁘고 지친 일상,

평온함을 얻을 수 있는 방법은 무엇일까요?

바로, '비움'입니다.

몸속에 있는 찌꺼기를 비워내면

몸도 가벼워지고 속도 편안해지는 것처럼,

가끔은 생각과 감정도 담지만 말고

비워주면 좋을 것 같아요.

혹시,

지금 떠오르는 얄미운 사람이 있나요?

조금 더 예쁘고 얄밉지 않은 내가,

그 사람의 평온을 빌어 주는 건 어떨까요?

평온해 지고 싶은가요?

그럼 먼저 비워주세요.

평온이 나를 찾아오도록 말이죠.

한 문장 필사

생각과 감정을 비우면 찾을 수 있는 것, 평온함이다.

2.
감사를 미루지 않는 사람

김순애

여러분의 삶 속에서 감사가 차지하고 있는 공간은

얼마만큼 되나요?

감사를 표현하기 위해서는 의지가 필요합니다.

'나중에 말해야지.' 또는 '굳이 말할 필요가 있을까?'라는 생각들로

감사를 미루고 있진 않으신지요?

나의 생일날 아침,

부모님께 전화 드려서 이렇게 말해보세요.

"엄마 아빠, 저의 부모님이 되어주셔서 고맙습니다."라고요.

시원한 바람 한 줄기를 느끼며 이렇게 말해보세요.
"더위를 식혀주는 상쾌한 바람이구나. 감사한 오늘이야."라고요.

내가 좋아하는 음악 한 곡을 들으며 이렇게 말해보세요.
"음악을 들을 수 있는 귀, 음악을 들으며 힐링하는 내 마음에
감사해."라고요.

감사를 표현하고 싶어도 표현할 수 없는 날이 옵니다.
후회보다 감사를 선택하는 우리가 되었으면 좋겠어요.

감사,
미루지 마세요.

한 문장 필사

나는 감사를 미루지 않는 사람이다.

3.
후회도 못해볼 뻔 했어

김순애

끈기 있는 사람이 되고 싶나요?

그렇다면 끝까지 해냈던 일을 떠올려보세요.

'힘들었지만 결국엔 해냈구나.'

'나에겐 이미 끈기가 있었구나.'

생각하면서 웃고 계실 거예요.

"이거 왜 이래? 나, 끈기 있는 사람이야!"

시작했던 일을 그만두고 싶을 때마다

이렇게 의지를 다져보는 건 어떨까요?

그리고 포기를 밀어버리세요.

두려워서 시작도 못하는 건 아니시죠?
시작하지 않으면, 아무것도 해낼 수 없더라고요.
쉽게 단념하지 않고 끈질기게 견디어 내는 기운이 나에게 오도록
우리 함께 힘을 내 봅시다.
"안 해봤으면 후회도 못해볼 뻔 했어."라고 말하는 사람이
되어 있을 거예요.

끈기는 단념하지 않는
의지의 마라톤입니다.

57

한 문장 필사

끈기는 의지의 마라톤이다.

4.
몸과 마음의 건강

김순애

"건강하시죠?"

우리는 일상적으로 이렇게 안부를 물으며 대화를 시작합니다.

어디어디가 아팠다, 그전보다 좋아졌다, 그럭저럭 견딜만하다 등등

건강을 주제로 대화를 열고 이어갑니다.

건강을 위해서

규칙적인 생활을 하고,

좋은 음식을 챙겨먹고,

걷기를 하고,

근력을 기르고,

편안하고 좋은 생각을 해야 된다고 다들 알고 계십니다.

또한 스트레칭, 요가, 테니스, 웨이트 등등

여러 가지 운동을 하시죠?

그런데 건강한 마음을 위해서는

어떤 노력을 하고 계신가요?

마음의 근력이 강해지면

스트레스에도 잘 견디고

어려운 상황에서도 대처능력이 좋아져서

스스로가 행복해지는 삶을 살 수 있다고 합니다.

건강에 좋은 것들을 찾지만 말고

건강에 해가 되는 것들을 줄이거나 끊어 보시는 건 어떨까요?

안 좋은 습관, 음식, 생각들도 말이에요.

건강하지 않은 이유, 참 여러 가지입니다.

환경적인 영향, 유전적인 영향 등 말이지요.

마음이 아픈 것도 그렇습니다.

내가 선택을 잘못해서도, 내가 부족해서도 아닙니다.

내 탓을 많이 하지 않았으면 좋겠어요.

아프다고 다른 사람들에게 너무 미안해하지 마세요.

몸도 마음도 누구나 아플 수 있어요.

그럴 때에는 어디가 아픈지, 어떻게 아픈지,

아파하는 나를 알아차리고 아껴주세요.

아픈 나를 아끼고 사랑해줄 때 몸과 마음도 힘이 나서

"주인님, 고마워요. 당신이 건강해지도록 도울게요."

하지 않을까요?

여러분은 벌써 건강전도사가 되셨어요!

몸도 마음도 건강하시길 소망합니다.

진짜로요.

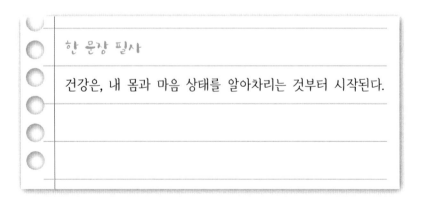

한 문장 필사

건강은, 내 몸과 마음 상태를 알아차리는 것부터 시작된다.

상상 속에서 가진 것들에 대해서도
신에게 감사할 줄 아는 사람은
진정한 믿음을 가진 자로서 부자가 될 사람이다.

· 월러스 워틀스 ·

1.
마음속에 생기는 공간

김연진

무엇을 이루지 않아도 괜찮아요.

애쓰지 않아도 충분해요.

마음이 깨어있다면 말이에요.

삶을 충만하게 하는 건 손에 쥔 것들이 아니라

가슴 속 울림이에요.

'안녕? 왔구나! 반가워! 같이 가볼까?'

좀처럼 쌓이지 않는 통장 잔고에도,

무표정으로 일어나는 남편에게도,

길가에 핀 들꽃에도

눈으로 인사해 보세요.

미소를 지어 보세요.

그리고 마음속에 생기는 공간을 느껴보세요.

나는 점점 가벼워지고

공간에서 자유로워져요.

한 문장 필사

'안녕?' 인사 후 가벼움을 느껴보세요.

2.

이제 꿈을 꿀까요?

김연진

마음 속, 조그마한 공간에서 질문을 던져 보아요.

'네가 원하는 게 뭐야?'

'용기가 있다면 무엇을 하고 싶어?'

'무엇이든 들어주는 소원 엽서가 있다면 무어라 쓸래?'

내 안의 목소리를 따라 가다보면 꿈틀대는 열정과 만나게 될 거예요.

열정은 누구에게나 있지요.

전진하는 것에 온 마음을 쏟느라,

바람 한 줄기와 꽃향기를 놓칠 수도 있을 거예요.

하지만, 계속해서 마음 속 공간에 질문을 던지면
진짜 열정이 무엇인지 알게 됩니다.
그리고 꿈에 접속할 수 있어요.

소중한 나의 꿈이 아직은 조금 흐릿하게 보일 수도 있을 거예요.
하지만 열정과 닿아있다면 이제 곧 밝아지고 따뜻해져요.
원하는 삶을 그려보세요.
나는 무엇을 하고 있나요?
무엇을 보고 말하고 있나요?
누구와 함께 있나요? 표정은 어떤가요?
꿈을 이룬 나는 어떤 사람인가요?

가슴에 묻고 생생히 그리면
열정은 쉬이 꺼지지 않을 거예요.
열정 스트레칭으로 꿈을 가꿔나가요.

한 문장 필사

열정 스트레칭으로 꿈을 가꿔나가요.

3.
명확한 목표

김연진

꿈을 좇다 얼마 못가 힘이 쭉 빠진 적 있으시죠?
초심은 흐려지고 한 발 한 발이 참 지난해요.
이 때 필요한 것이 '명확한 목표'입니다.
설레는 꿈을 현실로 만드는
구체적인 목표와 시스템을 갖출 차례입니다.

'목표'의 사전적 의미를 찾아보면요,
'어떤 목적을 이루기 위해 지향하는 실제적 대상.
또는 그 대상을 삼음'이라고 되어 있어요.

'모든 수험생의 선생님'이 꿈이라면

'10년 안에 전국 최대 규모의 학원 원장이 된다',

'1년 안에 50명 규모 클래스 진행을 한다'가 목표에요.

행동을 취해서 손에 넣을 수 있는 무언가를 적어보시겠어요?

제 꿈을 예로 들어볼게요.

✤ **꿈** | 사람들의 변화와 성장을 함께하는 대한민국 제일의 라이프코치

✤ **목표** | 1년 안에 100시간 코칭

이렇게 구체적으로 목표를 세우면

무엇이 필요한지, 무엇을 해야 할지가 보일 거예요.

그 목록들을 아침마다 적어보세요.

차곡차곡 365번을 쌓으면 1년 뒤에는

목표에 다가가 있을 것입니다.

꿈은 비현실이지만

목표는 손에 잡히는 현실입니다.

꿈은 설레지만

목표는 가슴 뜁니다.

지금 바로 종이 위에

꿈과 목표, 오늘의 할 일을 적어보세요.

그리고 어떠한 방해가 있더라도
꿈과 목표, 오늘의 할 일을 매일 기록해 주세요.

얼마 지나지 않아 그 의미와 가치를 찾으실 거예요.

한 문장 필사

나는 오늘, 나의 꿈과 명확한 목표를 기록한다.

'나는 그림에 재능이 없는걸!'
이라는 마음의 소리가 들리면,
반드시 그림을 그려보아야 한다.
그 소리는 당신이 그림을 그릴 때 잠잠해진다.

· 빈센트 반 고흐 ·

4.
실행

김연진

종이 위에 꿈과 목표, 그리고 오늘의 투두리스트를 기록했다면 이제 실행할 일만 남았습니다. 실행이 가장 어렵다는 것을 우리 모두는 경험상 알고 있어요. 이유가 무엇일까요?

'언제 포기하고 싶습니까?'

이 질문에 답하다 보면 실마리가 보일 것입니다.

첫 번째는 자신감 부족입니다. 어차피 해도 안 될 거란 생각이 드시나요? 생각은 감정을 만들고 행동에 영향을 줍니다. 조금 어려우면 그만두고 싶고 이 길이 맞을까 하는 의구심마저 올라옵니다. 그 마음으로는 실행하기가 어렵습니다. '난 못할 거야.'라는 생각은 아무런 도움이 안 될 것 같지만, 의외로 충분한 보상을 줍니다. 도전하지 않고 편안하고 익숙한 상태에 머물 수 있는 것이죠. 변화가 없고 목표는 멀어지고 자괴감에 빠지기는 하지만 그것이 안전하기에 변화 대신 그대로 머물기를 선택합니다.

두 번째는 내 앞에 닥친 과제가 너무 커 보이기 때문입니다. 좀처럼 시작이 어렵고 투두리스트는 밀린 과제처럼 부담스러워요. 초점이 '성공의 결과값'에 맞춰져 있으면 안 되는 이유입니다. 우선순위를 정하고 가볍게 할 수 있는 것부터 시작해보세요. 그리고 시간과 과제를 잘게 쪼개어 하나씩 해나가는 성취감을 느껴보세요.

세 번째는 불확실성을 견디지 못하기 때문입니다. 목표를 향해가는 길은 미지를 개척하는 일과 비슷합니다. 낯설고 험한 초행길에 혼자 나섰다고 상상해보세요. 내가 어디쯤 가고 있는지 엉뚱한 방향으로 가는 건 아닌지 점검할 수 있는 도구와 시스템이 필요합니다. 그렇게 되면 네비게이션을 따라 운전하듯이 든든하실 거에요.

네 번째, 일이 계획과 예상대로 되지 않을 때 오는 스트레스 때문입니다. 꿈과 목표, 실행을 위한 로드맵을 갖췄더라도 시행착오는 필수적입니다. 피치 못할 상황 때문에 계획 수정이 필요할 수 있어요. 실수를 하기도 하고 오점을 남기기도 합니다.

어제 잘 못했더라도 오늘은 새로운 하루라는 걸 기억하세요. 실패자라고 스스로 낙인찍지 마시길 바랍니다. 다시금 오늘의 몫을 해내는 것만으로도 충분합니다. 조금 부족해 보였던 나도, 원하는 바를 이루어 낸 오늘의 나도 똑같이 귀하고 괜찮은 사람입니다.

다섯 번째, 긍정 정서가 부족하기 때문입니다. 감정도 에너지입니다. 희망, 즐거움, 보람과 소속감 같은 밝은 감정을 동력 삼아 나아가세요. 긍정 정서를 만들어 가는 방법 중 하나, 기록입니다. 감사일기도 좋고, 자유롭게 생각과 감정을 적어보는 것도 좋습니다.

여섯 번째, 그저 될 때까지 열심히 한다는 존버 정신입니다. 버티기가 성공의 필수 요소일 때도 분명 있습니다. 하지만 돌아가거나 잠시 숨을 고르거나 더 알맞은 방법으로 시도해야 할 때도 있지요. 장애물이 생겼을 때 혼자 끙끙대기 보다는 도움을 청하거나 새롭게 환경을 세팅하는 등 주변 상황을 하나만 바꿔도 달라지는 걸 느낄 수 있을 거예요.

실행을 방해하는 여섯 가지 이유들을 정리해봤어요. 제가 겪으며 부딪혔던 지점들이에요. 여러분은 어떠신지 궁금하네요. 주춤하거나 멈추더라도 다시 일어나 한 걸음 나아가길 바라고 기대합니다. 또한 언제라도 꿈을 꺼내어 설렘과 희망으로 힘을 얻으시길 응원합니다. 꿈이 없었던 시절에 저는 지금보다 경제적으로 더 풍족했고 보기에는 더 그럴싸한 인생이었습니다. 그러나 스스로 잘 살고 있다는 느낌은 별로 없었어요. 미완이고 불확실하고 때로는 자신을 극복해야 하는 버거운 과정이지만 가슴 뛰는 삶 속에서 만나게 되길 고대하겠습니다.

우린 할 수 있습니다.

한 문장 필사

가슴 뛰는 삶, 실행하는 삶을 응원합니다.

1.
여유 그리고 자유

김이루

여러분은 여유를 가지며 살아가고 있나요?

그리고

자유를 중요하게 생각하시나요?

이 글을 읽으며 여유를 가지고 자유를 생각해 보셨으면 좋겠어요.

여유가 있다면,

자유의 중요성을 안다면,

나의 삶을 되돌아볼 수 있어요.

여유와 자유는 나의 인생을 더욱 가치 있게 해줘요.

하루에 1분만이라도 하늘을 바라보며

여유를 느껴보시는 건 어떨까요?

언제라도 좋으니 한 번 해보시면 좋겠어요.

어떤 생각이나 느낌이 드나요?

맑은 하늘처럼 당신의 마음도 화창해질 거예요.

그리고

자유를 느끼게 될 거예요.

한 문장 필사

여유와 자유는 하늘을 닮아 있는 나를 발견하게 해 준다.

2.
자신감

김이루

언젠가 엄마 생신 날, 편지를 써서 드렸던 적이 있어요.

제 편지를 읽고 난 엄마는 흐뭇한 미소와 함께

저에게 글을 참 잘 쓴다고 칭찬해 주셨어요.

그때 저는 뿌듯함을 느꼈어요. 글쓰기를 더 좋아하게 되었고요.

그리고 그것이 '자신감'을 얻었을 때 느끼게 되는

감정과 생각이라는 것을 알았어요.

여러분,

한 번의 행동으로도 자신감이 생길 수 있습니다.

자신감을 얻기 위해 할 수 있는 행동에는 무엇이 있을까요?

자신감을 가지지 못하거나
자신감을 가지기 위해 노력하지 않는다면
좌절감은 곱절이 될 수도 있습니다.

자신감을 가지기 위해 하루에 한 번,
"나는 할 수 있어!"라고
마음속으로든, 말로든 외쳐보는 건 어떨까요?
저처럼, 편지나 글쓰기로 결과물을 계속 쌓아가는 것도
좋은 방법일 것 같아요.

멋지게 성장해 있을 여러분의 자신감을 응원합니다.

77

한 문장 필사

나에게 자신감이 있다는 것을 깨닫자.

3.
'끈기'와 '끊기'

김이루

쉽게 단념하지 아니하고 끈질기게 견디어 나가는 기운.
'끈기'의 뜻이래요.

여러분은 끈기 있는 사람인가요?
저는 제가 하는 일에 끈기를 가지고 있는 편입니다.
그래서 여러분께 질문과 제안을 드려 봅니다.
끈기를 가질 수 있는 방법에는 무엇이 있을까요?

무엇이든 일단,
내가 하고 싶은 일을 시작해봐야 해요.

취미나 특기일 수도 있어요.

저는 매주 토요일 아침,

그림을 그리거나 일주일에 한 편씩 조금이나마 글을 씁니다.

그리고 습관처럼 날마다 성경을 2장씩 읽고 있어요.

만약 끈기를 잃고 포기할 것 같을 때

자신이 하고 있는 일의 목적을 한 번 생각해보세요.

사소한 것이라도 좋아요.

'이 일을 그만두고 다른 일을 해볼까?'라는 생각 대신,

'무언가를 얻을 때까지 해봐야지!'라는 생각도 도움이 될 수 있어요.

저는 끈기 있는 사람으로,

제가 시작한 일들에서 무엇이든 얻게 될 때까지 해 볼 생각입니다.

여러분,

우리 함께 해요.

한 문장 필사

끈기를 위해 포기를 끊기.

4.
'나'다운 행위

김이루

대가를 받지 않고 남에게 나눠주는 걸 '나눔'이라고 하죠.
여러분은 나눔을 해본 적, 있으신가요?

저는 친구의 버스비 대신 내주기(돈 나눔),
동생 숙제 도와주기(지식 나눔) 등을 해봤어요.
생각보다 뿌듯하고, 도움이 될 수 있다는 게 기분이 좋았습니다.

이처럼 거창하지 않은 사소한 것들도 나눔이 될 수 있어요.

'나는 날마다 작은 나눔이라도 해봐야지.'라는 생각으로 나눔을 실천해 보시면 어떨까요?

그러면 행복한 기분과 함께

나는 꽤 괜찮은 사람이라는 생각이 들 겁니다.

당신의 나눔은

당신을 당신답게 만들어 줍니다.

한 문장 필사

나눔, 가장 '나'다운 행위이다.

1.

활력

김정화

우리는 누구나 자신의 삶을 활력 넘치게 가꾸어야 할
책임이 있어요.
인생에서 어떤 일을 만나던
몸과 마음의 건강을 잃지 않도록 말이죠.
활력은 '살아 움직이는 힘'을 말해요.

눈을 뜨는 순간, 활력도 눈을 뜹니다.
우리에겐 지극히 평범한 하루가
누군가에겐 절실한 하루가 될 수도 있을 거예요.
그런 하루를 어떻게 보내고 계신가요?

지금,

스스로에게 물어봐 주세요.

오늘 하루 어떻게 지낼 거야?

오늘 하루 어땠어?

라고요.

몸과 마음이 살아 움직이는

그대만의 오늘이 되기를 바랍니다.

한 문장 필사

나의 하루는 활력 있다.

2.
날마다 좋은 날

김정화

감사는,

무엇에 대해 고마움을 느끼는 것,

그리고 그것을 표현하는 마음입니다.

감사는,

사소하고 평범한 것들도 당연하게 여기지 않을 때 생겨납니다.

내 몸이 건강하다는 것,

당연한 일일까요?

건강하다는 것은

모두에게 감사한 일입니다.

그 뿐만이 아닙니다.

우리 주변에는 감사할 것들로 가득합니다.

우리는 얼마나 감사하며 살고 있을까요?

우리는 얼마나 감사를 전하며 살고 있을까요?

감사로 내 삶을 가득 채울 수 있는 첫 걸음은

'나 자신에게 감사하는 것'입니다.

오늘 나에게 감사한 일은 무엇인가요?

나에게 감사를 표현하며 더 풍요로운 감사를 만들어 보세요.

그리고 풍요로워진 감사를 소중한 사람들에게 표현해 보세요.

날마다 좋은 날,

날마다 감사한 날입니다.

한 문장 필사

날마다 좋은 날이고 날마다 감사한 날이다.

3.
내 마음을 들여다보는 순간

김정화

남의 잘못을 너그럽게 받아들이거나 용서하는 것을
'관용'이라고 하지요.
관용의 자세를 가지려면 어떻게 해야 할까요?
먼저,
내 마음을 잘 들여다 볼 수 있어야 합니다.

내가 무엇 때문에 화가 났는지,
어떤 것을 용서하지 못하는지,
내 생각과 감정을 객관적으로 들여다볼 수 있다면
상대방의 말과 행동에 일희일비하거나

다른 사람을 내 잣대로 판단하고 오해하는 일들이
점점 사라질 거예요.

다른 사람을 미워하는 것이
나를 더 힘들고 괴롭게 하는 일임을 인지하는 것 또한
관용을 선택할 수 있는 방법일 테고요.

관용,
결국 남을 위한 것이 아니라 나를 위한 것이랍니다.
너그럽게 용서하지 못했던 나를 떠나보내고 이제는
진짜 관용 있는 사람이 되어 보아요.

87

한 문장 필사

내 마음을 들여다보는 순간, 관용 있는 사람이 된다.

4.

기쁨은 나의 것

김정화

기쁨이란 무엇일까요?

사전에서는 '기쁨'을
'욕구가 충족되었을 때의 흐뭇하고 흡족한 마음'이라고 정의합니다.
내가 가진 욕구가 무엇인지 알지 못하면
기쁨을 느낀다는 건 어려운 일 같아요.

제가 생각하는 '기쁨'은
내가 어린아이 같아지는 순간에 느껴지는 감정이랍니다.

시원하고 보드랍게 느껴지는 황토길을

맨발로 걸어 다닐 때,

차갑고 깨끗한 계곡물에

발을 담그고 첨벙첨벙 물장구를 칠 때,

큰 문구점에서

예쁜 노트와 펜을 고를 때,

저는 참 기뻐요.

여러분은 어떨 때 기쁘세요?

내가 기뻐할 수 있는 일 한 가지를

매일 해보시는 건 어떨까요?

기쁨은 여러분의 것이고

여러분이 만들어 가는 것이니까요.

한 문장 필사

매일 아이처럼 기뻐하세요.

1.
행동하는 사람이 결과를 얻는다

김지혜

누구든지 내 삶의 이야기로 다른 이의 삶에 기여할 수 있어요.
인생을 배움의 기회로 여기고 적극적으로 행동한다면 말이죠.
1시간 뒤 아니, 1분 뒤에 무슨 일이 일어날지는 알 수 없지만
그것은 내가 어떻게 행동했느냐에 따른 결과입니다.

"○○야, 지금도 잘 하고 있고 앞으로 더 잘 할 거야.
움직여 보는 거야!"
나에게 먼저 말해보는 건 어떨까요?

여러분의 삶을 응원하고 축복합니다.

한 문장 필사

행동하는 사람이 결과를 얻는다.

2.
도전은 성장이고 표현하는 것이다

김지혜

삶에서 가장 잘했다고 생각하는 도전, 무엇인가요?

저에게는 첫 번째 책을 출간한 일이었어요.

무모하지만 대단한 도전이었지요.

도전의 반대말은 뭘까요?

저는 '멈춤'이라고 생각해요.

생명이 있는 모든 것은 성장을 합니다.

아무 일도 일어나지 않는다는 것은

아무것도 하지 않기 때문이에요.

멈추었다는 뜻이죠.

도전을 멈추는 순간,

성장도 멈추는 것 같아요.

내가 이루고 싶은 목표에

애정을 갖고 관심을 표현하고 열중한다면

그것이 바로 도전 아닐까요?

오늘, 작은 도전을 선택해 볼까요?

지금, 소중한 한 사람을 떠올려 보세요.

그리고 그 사람에게 고마운 마음을 표현해 봐요.

분명 도전이고 행복이 될 테니까요.

도전은 성장이고 표현하는 것입니다.

한 문장 필사

도전은 성장이고 표현하는 것이다.

3.
무엇이든 해내는 사람

김지혜

여러분은 쉽지 않은 목표를 해냈던 경험이 있나요?

끈기 있는 사람은

힘든 일을 먼저 해내는 사람이래요.

여러분이 지금 미루고 있는 일은 무엇인가요?

해야 할 일을 미루는 행동은

잠깐의 즐거움을 선택한 것이래요.

일을 미루는 습관을 버리고

'나는 해낼 수 있는 사람이다!'

'나는 무엇이든 할 수 있는 사람이다!'라는 확신을 가져보는 건
어떨까요?

내가 시도하는 작은 행동 하나하나가 모이면
한 순간 사라져 버리던 즐거움이
지금껏 경험하지 못했던 새로운 기쁨으로 변해 있을 거예요.

여러분은 무엇이든 해내는
끈기 있는 사람입니다.

한 문장 필사

나는 무엇이든 해내는 끈기 있는 사람이다.

4.
지금 내가 기여할 수 있는 것

김지혜

켈리 최 회장님은 〈웰씽킹〉 책에서 제안했습니다.

"지금 내가 기여할 수 있는 것은 무엇인가?"

시시때때로 스스로에게 질문하라고 말이죠.

'기여'란, 도움이 되는 것이래요.

대부분 사람은 성공해야 기여할 수 있다고 생각하는 것 같아요.

하지만 진짜 기여는

지금 내가 가진 것으로 평범한 생활 속에서 선한 영향력을 전하는

것이 아닐까요?

주문한 음식을 가져다주신 라이더 분께 "감사합니다." 인사했더니
수줍게 웃으며 "맛있게 드세요." 대답해 주시네요.
소소한 말 한마디로 제 가슴이 따뜻해 졌어요.

감사합니다.
고맙습니다.
덕분입니다.

상대방을 인정해 주는 말,
지금 내가 기여할 수 있는 가장 쉬운 방법입니다.

97

한 문장 필사

나는 상대방을 인정해주는 말로 바로 지금 기여할 수

있는 사람이다.

1.
협업은 나를 성장시킨다

백미정

지금 당신의 삶은 어떠한가요?

변화와 성장을 위해 또 다른 선택이 필요한가요?

그렇다면, 제 이야기에 귀 기울여 주세요.

다른 사람들과 협업하는 나의 삶을 통해

더 높은 가치를 만들 수 있어요.

희로애락 인생에서 어떤 일을 만나든

협업이 가지고 있는 힘을 믿는다면 말이죠.

협업은,

'사람과 사람이 힘을 합쳐 어떤 일을 이루는 것'이지요.

서로의 삶을 밀어주고 끌어주고 있는

나의 좋은 사람들을 떠올려 보세요.

신께서 허락해 주신 귀한 사람들입니다.

협업할 수 있는 사람들 중 한 사람에게

오늘 안부 인사를 건네 보는 건 어떨까요?

협업을 선택한 당신의 모습을 상상해 봅니다.

이미 성장하셨네요.

99

> "당신이 가장 많이 시간을 보내는 다섯 명의 평균이
>
> 곧 당신입니다."
>
> – 짐 론 –

한 문장 필사

협업은 나를 성장시킨다.

2.

왜?

백미정

여러분은 오늘 왜 미소를 지으셨나요?

여러분은 오늘 왜 식사를 하셨나요?

여러분은 오늘 왜 가방을 들었나요?

우리가 알든 모르든 크든 작든

우리의 행동 이면에는

모두 목적이 있습니다.

누군가 내 입 꼬리를 억지로 들어 올려서

미소 짓진 않았을 거예요.

누군가 숟가락에 밥을 떠서

내 입 안으로 밀어 넣진 않았을 거예요.

가방이 점프를 해서

내 손목이나 어깨에 올라타진 않았을 거예요.

미소 짓기, 식사하기, 가방 들기.

여러분은 왜 하셨나요?

'왜'라는 동기를 아는 것,

행동에 에너지를 더해줄 수 있는 가장 강력한 도구입니다.

'무엇'과 '어떻게'를 아우를 수 있기 때문이지요.

마지막으로 질문해 볼게요.

우리는 왜 이 지구에 오게 되었을까요?

도대체 왜요?

한 문장 필사

'왜'라는 동기를 아는 것, 행동에 에너지를 더해줄 수

있는 가장 강력한 도구이다.

3.
포기보다 성취

백미정

성취는 단순한 결과가 아닙니다.

포기 또한 그러합니다.

포기는 단순한 결과들을 소홀히 생각한 큰 결과입니다.

'난 안 돼.'라는 단순한 생각,

'그냥 사는 대로 살지 뭐.'라는 단순한 생각,

'아, 귀찮아.'라는 단순한 생각.

이 모든 생각을 소홀히 여기고 방치했을 때 나타나는 최종적인

결과가 포기입니다.

여러분!

'포기'라는 결과보다

'성취'를 결과로 보여줄 수 있도록

오늘 내가 할 수 있는 행동은 무엇일까요?

다시는 입지 않을 옷 버리기, 화장실 청소하기,

서점 가기, 필사하기.

버리고, 정리하고, 걷고, 보고, 쓰기.

몸을 조금만 움직여 보세요.

성취는, 내가 몸을 움직여 마음 또한 움직일 때

내 편이 되어 주기 위해

고개를 내미니까요.

여러분은

포기보다 성취가 더 어울려요.

한 문장 필사

나는, 포기보다 성취가 더 어울리는 사람이다.

4.
행복 계획자

백미정

행복, 어떻게 현실이 될 수 있을까요?

첫째,
내가 생각하는 행복이란 무엇인지 나만의 정의를 내려 보세요.

둘째,
행복을 위해 오늘 나는 어떤 감정을 선택할 것인지 생각해 보세요.

셋째,
나의 행복을 위해 버려야 할 생각이 무엇인지 써 보세요.

행복을 만들기 위해서는 내 생각과 감정을 스스로 조절할 수 있도록
계획을 세워야 합니다.
예쁜 뜻을 가지고 있는 긍정, 감사, 기쁨, 설렘 등이
나의 것이 되기 위해서는 축적된 시간이 필요하듯,
예쁜 생각과 감정을 가지기 위해서도
훈련을 해야 한다는 것이죠.

나의 행복이란 무엇인지 계속 생각해야 합니다.
나의 생각과 감정을 조절할 줄 알아야 합니다.
그래서 나에게 무익한 요소들은 버리는 연습을 해야 하고요.

이렇게 우리는 행복 계획자로서
얼마든지 행복을 현실로 만들 수 있습니다.
지금, 여러분의 행복에게 묻습니다.

행복아, 안녕하니?

105

한 문장 필사

행복을 계획하고 훈련하자.

1.

사랑은 이름을 불러주는 것이다

서혜주

지금 당신은 사랑을 하고 계신가요?
타인을 사랑하기 위한 최우선순위는
자신을 이해하는 마음이라고 생각해요.
모든 것을 받아들이는 물의 유연함처럼 말이지요.

내 삶에 찾아온 사람들을 떠올려 보세요.
운명이 이끌어준 고귀한 인연입니다.
오늘, 사랑하는 사람의 이름을 부르며
그에게 마음을 전해 보는 건 어떨까요?

그리고 이 세상에서 가장 소중한 당신의 이름을 부르며
나 자신에게 마음을 전해 보는 건 어떨까요?

사람과 나를 사랑할 수 있다는 것,
참 좋은 일입니다.

107

한 문장 필사

사랑은 이름을 불러주는 것이다.

2.
유연함의 힘

서혜주

유연함은 힘이 세답니다.

유연함 없는 강함은 다치기 쉽고 오히려 나약하다 할 수 있지요.

유연함 속에서 강인함이 길러지고요,

진정한 강인함은 유연함에서 비롯된답니다.

아이의 가방을 빌렸다가 주머니 속에서 구겨진 담배를 발견했어요.

충격은 말로 다 못 하지요.

'아니, 얘가?'에서 시작한 물음표는 '언제부터?', '왜?', '지금도?',

'어떻게?'의 무수한 질문을 낳았습니다.

'그래, 성인인데 그럴 수 있지.' 쿨 한 척 용인했다가 '아는 척 해,

말아?' 하고 비겁한 주춤을 거쳐 '반드시 짚고 넘어가야지!'로 용기를 내었어요.

매번 그렇듯 어떻게 말할 것인가가 최고의 관건이었습니다.

다른 두 아이들에게 먼저 조심스레 운을 떼어 긍정적인 단서를 얻었어요. 얘기 들은 적 있는데, 피우는 건 아닐 거라고, 사연이 있을 거라고 해요. 희망이 몽글몽글 솟아오르기 시작했지요.

그러나 늦은 시각 귀가한 아이를 마주할 때까지 시간은 너무도 느리게 흘렀고 애써 담담한 척 관심을 다른 곳으로 돌리려 해도 마음이 쉬이 안정되지 않았어요.

때마침 귀인의 유연한 조언을 더해 흥분하지 말고, I-메시지를 사용하자고 나름대로 행동 강령을 정리하였어요.

"엄마가 오늘 이 가방을 들고 나갔었는데….."

"아, 담배?"

먼저 알고 답해 오네요.

사건의 전말은 이러했어요.

작년에 친구들과 호기심에 한 번 경험한 것이었고, 이후 처리를 어떻게 하나 고민 중에 있었다고 해요.

내내 벌렁이던 가슴이 단박에 진정되었답니다.

그래, 말하길 참 잘 했다고 스스로를 칭찬한 다음

"이제 성인인 네 스스로 알아서 잘 판단하겠지만, 건강과 직결되는 문제라 엄마로서 말하지 않을 수가 없었구나."라고 준비된 말

109

로 마무리하였어요.

유연함으로 한결 만족스런 과정과 결과를 얻었어요.

한 번 더 생각하고 나에게 질문하고

소중한 관계를 잘 유지하기 위해 할 말을 준비하며

제 마음을 유연하게 만들었던 시간들이 빛나는 순간이었죠.

유연함을 얻기 위해서는 노력이 필요한 것 같아요.

여러분의 인생을 여러분이 원하는 모양으로 만들어 가기 위해,

소중한 것들을 지키기 위해 여러분이 선택할 수 있는

유연함은 무엇인가요?

그 유연함을 응원합니다.

한 문장 필사

유연함은 우리가 소중히 여기는 것들을 지켜준다.

사람들은 시골, 해안 등에서 은둔할 장소를 찾는다.

하지만 마음속보다 더 평화롭고 근심 없는 휴양지는

어디에도 없다.

· 명상록 ·

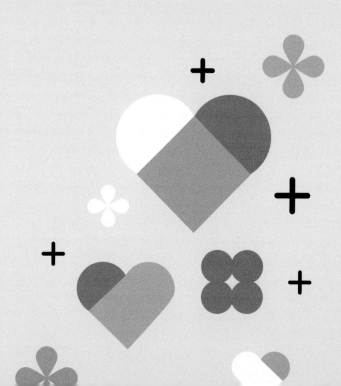

3.
움직이자

서혜주

아이들이 외출한 빈 집 소파에서 오랜만의 쉼에 묘한 자유를 느끼며 누워 있었어요. 한참 있자니 거실 바닥 몇 군데에서 또 다른 생명체의 흔적이 뭉텅이로 있는 것이 보였어요. 처음엔 두 눈을 질끈 감았어요. '하지 말자! 이 망중한 조금만 더!' 그러나 알고 있었어요. 오늘 중으로 제가 해결할 것을 말이지요.

얼마 안 있어 뉘었던 몸을 일으켜 앉았어요. 눈은 계속 그 털 뭉치를 바라보고 있어요. 자리를 박차고 일어났어요. 네, 말 그대로 바닥을 발로 구르며 힘차게 일어났답니다. 그리곤 곧바로 청소기를 가지고 왔지요. 그 다음은 일사천리였어요. 깨끗한 바닥 감촉이 발을 통해 온몸으로 느껴지자 기쁨이 몰려 왔어요. 내친 김에 오랜만에 두 손 걷어붙이고 욕실 청소도 강행했어요. 저녁에 모인 아이들에게 아이처럼 자랑을 하였더랍니다.

"와, 엄마 대박! 최고!" 어깨가 으쓱으쓱 춤추는 칭찬이 이어졌어요. 기쁨, 뭐 별 건가요. 내가 별 것이라 생각하니 별 것이 되네요.

지금 내가 있는 자리에서 기쁨을 얻고 싶나요?

먼저 지난 시간 속에서 내가 느꼈던 기쁨의 감정을 찾아보세요. 나와 이웃을 기쁘게 했던, 작지만 특별했던 행위가 떠오를 거예요. 감정은 내가 창조하는 것이라지요? 기쁨도 마찬가지입니다. 결연한 의지로 자리에서 벌떡 일어나 몸을 움직여 보세요. 이 유의미한 행동이 가져 올 결과를 그리면서요. 자신은 물론 주변에 유익을 주는 행위 뒤에 기쁨은 덤입니다. 그리고 기쁨은 나의 것입니다.

113

한 문장 필사

기쁨이 나의 것이 될 수 있는 방법, 몸을 움직이는 것이다.

4.

이미 내 안에 있다

서혜주

여러분은 소중한 사람들에게 나에 대해 신뢰를 잃게 한 경험이
있나요?
그렇다면, 다시금 신뢰를 얻게 되기까지 어떤 과정을 겪으셨나요?

슬프고 힘들지만 반드시 딛고 변화해야 합니다.
내 노력의 결정체인 변화가 상대방의 마음을 움직이고,
신뢰를 회복시켜줄 수 있기 때문이지요.

아이들과 약속했던 일들이 시간 내 이루어지지 않아 엄마로서
신뢰를 잃게 된 경험을 했습니다.

머리 굵은 아이들의 성토의 시간을 참아내고 다시금 마음을 다져
가고 있습니다.

행함으로 다시금 나아가고 있습니다.

변하겠다는 의지와 나는 변할 수 있다는 신념으로 말이죠.

변화를 선택한 나의 의지와 신념은

잃었던 신뢰를 회복할 수 있는 좋은 방법입니다.

시간이 얼마나 필요한지는 중요하지 않아요.

될 때까지 하는 겁니다.

더불어 사는 데 필요한 모든 답은 내 안에 있습니다.

신뢰의 힘 또한 이미 내 안에 있습니다.

115

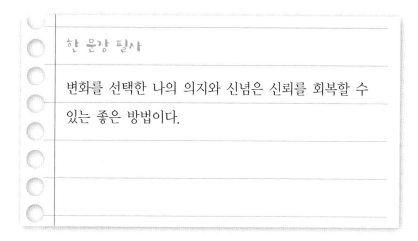

한 문장 필사

변화를 선택한 나의 의지와 신념은 신뢰를 회복할 수
있는 좋은 방법이다.

1.
사랑은 모든 것을 창조하는 힘이다

송지은

누구나 사랑받고 싶어 해요.

사랑은

어떤 사람이나 존재를 몹시 아끼고 귀중히 여기는 마음,

또는 그런 일을 말해요.

그래서 한결같은 사랑을 받는 사람은

자신이 소중한 존재임을 느끼기 때문에

자신을 존중하는 자존감과

무엇이든 할 수 있는 용기를 가질 수 있어요.

그것은 곧 성장의 원동력이 되죠.

무엇을 하기 위해서는

자존감과 용기가 필요한 순간들이 많아요.

그런데 자신을 수용하는 마음과 용기가 부족해서
새로운 변화를 시도하기 어려워하죠.

아무것도 하지 않으면 아무 일도 일어나지 않아요.
지금보다 더 나은 삶을 살고 기쁨을 누리고 싶다면
다른 사람에게 사랑을 구하기 전에
자기 자신부터 사랑해보는 것은 어떨까요?

어떠한 모습이든 지금 있는 그대로 소중한 당신!
당신을 받아들이고 사랑하는 것은
당신의 삶을 변화시키는 근원이 될 것입니다.

지금 바로 거울을 보고 나 자신에게 이렇게 말해보세요.
"○○아! 난 너를 좋아해. 난 너를 사랑해."
그리고 한 번 더 외쳐볼까요?
"난 나를 좋아해. 난 나를 사랑해."라고요.

지금 당신이 어떠한 모습이든
당신은 무엇과도 바꿀 수 없는 소중한 존재입니다.

한 문장 필사

사랑은 모든 것을 창조하는 힘이다.

2.
여유는 감사하는 마음에서 찾아온다

송지은

어떻게 하면 여유로운 삶을 살 수 있을까요?

돈이 많으면, 시간이 많으면 여유로운 삶을 살 수 있을 것 같았어요.

그래서 경제적 자유, 시간적 자유를 얻고 싶었지요.

새벽 기상을 하고 강의를 듣고, 책 읽고 글을 쓰고, 여러 SNS 채널들을 운영하면서 일상을 더 바쁘게 보냈지요. 저의 부족한 부분을 채우고 싶었어요. 그럴수록 몸과 마음은 더 지쳐갔어요. 원했던 여유로운 삶이 아니었지요.

이젠 알아요.

여유로운 삶은 멀리 있지 않았어요.

일상에 감사하기.

남과 비교하지 않기.

똑같은 삶이 아닌 나다운 삶 살기.

이렇게 저를 사랑하게 되면서 마음이 여유로워지더라고요.

지금 바로 여유로운 삶을 살고 싶지 않으세요?

지금 내가 누리고 있는 감사한 한 가지를 찾아봐요.

저는 지금 이 시각,

탁탁 키보드 치는 소리를 들을 수 있는 고요함에 감사합니다.

왕복 2시간 출퇴근 거리이지만

매일 여행하듯 기차 안에서 쉴 수 있음에 감사합니다.

초등학생이 되어도

여전히 내 품을 좋아하는 아이들이 있어 감사합니다.

여유로운 삶은

돈과 시간이 아닌, 어떤 상황에서도 감사할 수 있는 마음.

바로 내 마음 안에 있었습니다.

한 문장 필사

여유는 감사하는 마음에서 찾아온다.

3.

내 안에 답 있다

송지은

확신이 없어서 주저하고 있는 일은 무엇인가요?

정답을 찾아 이리저리 헤매고 있진 않으신가요?

확신하고 싶다면 먼저

그것을 방해하는 생각들을 찾아보세요.

맞을까, 틀릴까?

남들이 뭐라고 하진 않을까?

최상의 답을 찾아 시행착오를 겪고 싶지 않고

타인의 시선을 의식하는 마음이

확신을 방해한다는 것을 알 수 있을 거예요.

이제 이렇게 믿어보는 건 어떨까요?

무엇을 해도 괜찮아.

실패해도 괜찮아.

남이 뭐라고 해도 괜찮아.

무엇을 선택하든

그 안에서 배움을 얻고 성장하기를 멈추지 않는다면

무엇이든 괜찮다고 말이죠.

삶에 정답은 없으니

이것만 잊지 말고 기억하기로 해요.

"당신 안에 답이 있습니다."

한 문장 필사

모든 것, 내 안에 답 있다.

4.
휴식과 성공

송지은

'휴식'하면 어떤 생각이 떠오르시나요?

휴식은 내가 멈추어 있는 시간이라 '할 일도 많고 바쁜 때 쉬는 건
시간 낭비야.'라고 생각하진 않으신가요?
시간을 허비한 것 같아서 꾸벅 졸아버린 자신을 자책하거나
한숨을 쉬고 이마를 찌푸리며 다음 일을 서둘러 시작하진 않나요?
때론 나의 시간을 빼앗아 가는 것들에 분노하며
조금의 틈을 주지 않으려 하죠.
그렇게 빈틈없이 시간을 활용하려는 태도가
나의 활력을 뺏고 있지 않은지 되돌아봐요.

초록 나무와 파란 하늘을 바라보며

숨을 깊이 들이마시고 내쉬며 생각을 쉬어주는 시간.

한 걸음 한 걸음 몸을 움직이며 산책하는 시간.

샤워하며 잡념들을 씻어 내리는 시간.

편안하게 누워 눈을 감고 몸을 쉬어주는 시간.

이러한 휴식이 앞으로 나아갈 힘을 줍니다.

휴식은 내 안에 갇혀 있는 부정적인 것들을 비워내고

좋은 것들로 채울 수 있는 시간이자,

지치지 않고 꾸준히 나아가기 위해

필요한 시간입니다.

123

매일 열심히 일하는 당신!

오늘은 나를 위해 맛있는 음식을 먹거나

나에게 에너지를 주는 사람들과 함께하거나

좋아하는 책을 읽거나

음악을 듣기도 하고

향기로운 차를 마시며 혼자만의 시간을 가지거나

부족했던 잠도 보충하면서

마음이 쉴 수 있는 시간과 공간을 허락해보는 건 어떠세요?

행복한 성공은

시간과 공간의 틈을 통해 누릴 수 있습니다.

한 문장 필사

휴식을 잘하는 사람이 성공도 누릴 수 있다.

멈춰서 생각하고 쉬면서

내면을 듣는 것은

언제나 스스로를 찾는 좋은 방법이다.

• 웨인 다이어 •

1.
이해는 서로에게 주는 선물이다

유선아

자신의 삶을 이해하고

다른 사람의 삶을 이해하는 것은

더불어 사는 세상에서 화합을 이룰 수 있는 좋은 방법입니다.

인생에서 수많은 일을 마주할 때 나와 서로에 대한 이해는

마음을 너그럽게 해주잖아요.

너그러운 마음이 있다면,

두려움이 아닌 즐거움이 우리를 기다리고 있을 거예요.

오늘 하루도 이해의 폭을 넓혀

즐거움을 기대해 보는 건 어떨까요?

당신은 이미,

크리스마스 선물을 받은 행복한 아이를 닮아 있네요.

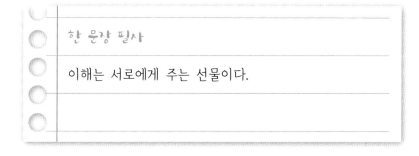

한 문장 필사

이해는 서로에게 주는 선물이다.

2.

유연함을 통해 배울 수 있는 것

유선아

유연함은

'부드럽고 연하다'라는 뜻을 가지고 있습니다.

하루아침에 만들어지지 않는 성질의 것이죠.

유연함을 갖기 위해 우리는 평소 무엇을 할 수 있을까요?

굽히지만 부러지지 않고

물러서지만 두 배로 나아갈 수 있는 것.

부드러운 고무줄처럼 여유 있는 탄력성, 유연함의 정도입니다.

직무에도 인간관계에도 아주 중요한 요소이죠.

오래된 팬티 고무줄처럼
늘어났다가 다시 돌아오지 않는 것은
변화에 적응하지 못하고 일시정지 해버리는 것과 같습니다.

경험 속에서 얻은 지혜는
유연함의 정도와 강도를 가늠하는
통찰의 도구가 될 수 있어요.

최근,
통찰을 할 수 있도록 해 준
유연한 사고와 행동은 무엇이었나요?

당신은 그 유연함을 통해 분명
변화하고 성장했을 거예요.

129

한 문장 필사

유연함은 변화와 성장의 필요조건이다.

3.
한결같은 사람

유선아

매사에

매번

늘 그러한

'한결같음'을 유지하고 싶으신가요?

그렇다면,

잔잔한 호수와 같은 내 마음에

파장을 일으키는 돌멩이를 찾아내야 합니다.

'이번만.'

'한 번쯤은 괜찮겠지?'

가볍게 올라오는 생각이 마음의 파동을 일으킬 때
잠시 눈을 감고 천천히 숨을 골라 보세요.

생각은 말이 되고,
말은 곧 행동으로 나타나고,
행동은 그 사람의 인생이 됩니다.

한결같음을 방해하는 생각부터 차단하는 것이
한결같음을 유지하는 방법이 되겠죠?

순간의 쾌(快)와 락(樂)을 쫓기보다는
한결같음으로 완성되어 가는 나를 보며
여유로운 미소로 인생을 즐겨보는 건 어떠신가요?

한결같은 사람,
좋은 브랜드입니다.

한 문장 필사

한결같음으로 나를 브랜딩하자.

4.
내가 나를 만들어 가는 것

유선아

현재의 나는 미래의 나를 위해
얼마만큼 기여하고 있을까요?

속해있는 단체나 타인을 위해 도움이 되도록 이바지하는 것을
기여라고 합니다.
하지만, 제일 먼저 기여해야 할 존재는
'나'입니다.
변화와 성장하는 모습으로
다른 이에게 동기부여를 줄 수 있는 '나'라는 사람은
나의 진정한 기여자입니다.

아침에 일어나 마시는 따뜻한 소금물 한잔은
나의 건강에,
취미로 배운 붓글씨는 강력한 무기가 되어
나의 직무에,
자기 이해와 자기 계발은
확실한 미래를 계획하고 나아가는데
기여하고 있습니다.

나에게 하는 기여는 거시적인 안목에서
한 인생을 변화, 성장시키는 특별한 비법입니다.
자, 비법을 공유했으니 이제 시작하시죠!

'현재 내가 무엇에 기여 하느냐'는
'미래 내가 그 무엇이 되어 있을 것이다'라는
믿음에서 시작합니다.

내가 나를 만들어 갑니다.

한 문장 필사

내가 나를 만들어 가는 것이 진짜 기여이다.

1.
모든 사람은 존중의 대상이다

이성화

모든 사람은 존중의 대상입니다.

사람은 존재 자체로 소중하기 때문이죠.

여러 부류의 사람들을 만나면서

이해되지 않는 부분도 있을 거예요.

그럴 때에는 나만의 잣대를 조금 내려놓고

상대방의 순수한 영혼을 바라봐 주는 건 어떨까요?

사랑받고 싶고 존중받고 싶어 하는 영혼이라는 것을

알 수 있을 거예요.

내 곁에 있는 사람들 중, 한 사람을 떠올려 보세요.

오늘 그 사람에게

"나는 당신을 존중합니다."라고

메시지를 남겨보는 것은 어떨까요?

손발이 오글거릴 수도 있어요.

잠깐의 오글거림 뒤 찾아오는 마음의 평안을 느껴보세요.

존중은 존중을 낳습니다.

타인 존중은 나를 존중하게 만듭니다.

사람을 사람답게 만들어 주는 힘,

존중입니다.

135

한 문장 필사

모든 사람은 존중의 대상이다.

2.
축적

이성화

우리가 원하는 것은 단 한 번에 이루어지지 않습니다.
사소한 행동 하나하나가 모여 조각이 맞춰졌을 때 가능한 일이지요.

당신이 원하는 것을 이루지 못한 이유는
생각으로만 머물러있기, 중간에 포기하기,
바쁘다는 핑계로 소홀히 한 것 등
소소한 이유들이 축적되었기 때문일 거예요.
그 중, 가장 중요한 한 가지 이유는 처음에 다짐했던 열정이 탄산
음료의 청량감이 빠지듯 서서히 빠져나갔기 때문이 아닐까요?

처음의 열정에 불을 피우기 위해선
작은 땔감을 계속해서 올려놓는 작업이 필요하죠.

내가 가장 원하는 삶은 무엇인가?
가만히 눈을 감고 당신의 진심에 귀 기울여 보세요.
그리고 원하는 일이 이루어질 수 있도록
사소한 습관을 퍼즐 조각 맞추듯 꾸준히 채워보는 거에요.

'오늘은, 어제 죽은 이가 그토록 바라던 내일이다.'라는 명언이 있죠?
이제부터 당신의 시간은 당신만을 위해 존재합니다.
어차피 한번 살다 가는 인생!
하고 싶은 일을 종이에 쓰고 자신에게 외쳐보세요.
나는 ○○○를 간절히 원한다.

이제 곧,
당신이 원하던 일은 현실이 됩니다.

137

한 문장 필사

내가 원하는 일을 현실로 만들 수 있는 방법,

사소한 습관을 꾸준히 실천하는 것이다.

3.
관용

이성화

너그러운 마음으로 다른 사람을 품기 위해서는

어떤 노력이 필요할까요?

일단 내 말은 멈추고

상대방의 말을 눈으로 듣고 진심을 들여다보려는 자세를 가지면

좋을 것 같아요.

내가 너그러운 사람이 된다면

사람들도 나의 실수를 용납하고 내 말에 경청하는 너그러운 사람이

되어줄 거예요.

관용을 베풀기 어려운 상황이나 사람을 만날 때마다

나에게도 감춰진 모난 부분이 있다는 것을 생각해 보세요.

'내가 왜 이 사람을 포용해야 돼?'라고 생각하기보다,
'나의 모난 성품을 다듬어줄 선생이 찾아왔구나.'라고
나를 다독여 주세요.

관용은 나를 돌아보게 하는 거울입니다.

한 문장 필사

관용은 나를 돌아보게 하는 거울이다.

4.

예의

이성화

인사를 잘 하는 사람을 보면 우리는 보통 예의가 바르다고 말합니다. 그렇다면 90° 각도로 허리를 굽혀 인사를 하고 윗사람에게 공손하게 한다고 다 예의바르다고 말할 수 있을까요?

예의란 무엇일까요?

사전적 의미를 보면 '존경의 뜻을 표하기 위해 예로써 나타내는 말 투나 몸가짐'이라고 되어 있습니다. 여기서 중요한 건 상대방에 대한 존경이지요.

인사는 잘하는데 상대가 없을 때 뒷말을 한다거나 거들먹거린다면 서로에 대한 신뢰 관계는 깨질 것입니다.

상대방을 다 이해하며 존경한다는 건 사실 불가능할 수도 있습니다. 그렇다면 어떻게 존경의 마음을 담아 예를 표할 수 있을까요?

존경의 마음을 가지려면 먼저 인간에 대한 애정이 있어야겠지요.

과거 인생을 살아낸 사람으로
현재 인생을 살아가고 있는 사람으로
미래 인생을 살아낼 사람으로
애정 어린 시선으로 봐주는 겁니다.

시간을 살아낸다는 것은 그 사람의 주변환경과 관계속에서 살아내기 위한 모든 에너지를 쏟아내는 것이기 때문에 누구나 존경받아 마땅합니다.

이미 우리는 자신의 시간을 살고 있기에 존경받기에 합당합니다. 그러므로 자신을 먼저 따뜻한 시선으로 바라보며 예를 지켜 대해주세요. 그리고 타인을 대할 때 시간을 잘 살아내고 있는 사람으로 존경을 담아 대해 주세요.

141

> 한 문장 필사
>
> 나와 타인에게 예를 지키는 사람이 되자.

1.

습관을 공부하자

이정숙

사람들과 함께 작은 습관의 힘을 공부하면

몸과 마음이 더욱 건강해지고 풍요로워지는 경험을 할 수 있어요.

저는 작은 습관의 힘을 알고 난 후 매일 새벽 시간,

책 읽고 스트레칭하는 시간을 축적할 수 있었어요.

하루 정도는 못 할 수 있어도 이틀 이상 하지 않으면 좋지 않은

습관이 될 수 있으니 유의해야겠어요.

제가 3년 넘게 진행하고 있는 '새벽 624 독서모임'에 참여해보는

것, 어떤가요? '6시를 하루에 2번 만나는 4람들의 모임'이라는 뜻

을 가지고 있답니다.

작은 습관의 힘을 믿고 행동하기!

반드시 성공할 수 있는 방법입니다.

우리 함께,

습관을 공부해요.

624 독서모임 신청할 수 있는 연락처 :

이정숙 | 010-3818-4280

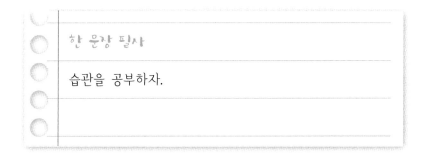

한 문장 필사

습관을 공부하자.

2.
절제

이정숙

절제의 미덕을 아십니까?

절제의 미화, 미덕을 공부합니다.
어느 시절보다 물질이 풍성한 이 시대에
오래된 미덕, 절제의 의미를 이야기 한다는 것에 감사합니다.

절제는 비루함과 남루함, 인색함이 아니지요.
아름다움을 즐기되 지나치지 않게 슬퍼하는 것입니다.
지나치지 않는 것, 과도하지 않는 것이 '절제'입니다.

오늘 바로 절제할 수 있는 사소한 행동은 무엇일까요?

한 문장 필사

절제를 공부하고 행동으로 옮기자.

3.
음식

이정숙

'음식'하면 어떤 생각과 느낌이 떠오르는가요?

또 어떤 경험을 이야기하고 싶은가요?

최근, 죽은 음식과 살아 있는 음식에 대해 공부했어요.

살아 있는 음식을 규칙적으로 먹는 것이

내 건강에 많은 부분을 차지한다는 것을 알게 되었습니다.

여러분은 어떤 음식을 주로 드시나요?

외식을 자주 하게 되는 요즈음,

나의 식습관은 어떠한지 생각하고 살펴보았으면 좋겠습니다.

음식 먹는 시간이 규칙적인가요?

저는 저녁 8시 이후로는 어떤 음식도 먹지 않겠다는 규칙을

지키고 있습니다.

살아 있는 음식과 규칙적인 식사가

활기찬 삶으로 바로 연결되는 것을 경험했기 때문이지요.

이제 여러분도

어떤 음식을 즐겨 먹는지,

식사 시간은 어떻게 되는지,

스스로 체크해 보면 좋겠습니다.

147

우리 모두는 매일 음식을 먹어야 합니다.

그만큼 음식이 살아가는 데 있어 중요하기 때문이지요.

음식에 대한 생각과 느낌부터 건강히 지니고

살아있는 음식, 규칙적인 식사로

매일 매일 행복 호르몬이 솟아나길 바랍니다.

한 문장 필사

살아 있는 음식과 규칙적인 식사로 매일 행복하자.

4.
나를 좋아할 수 있는 방법

이정숙

육십 넘게 세상을 살고 있습니다.

이제 저는,

자신감을 가지고

선과 빛과 에너지를 전하는 사람이 되었어요.

방법이 무엇이었을까요?

5년 후, 어떤 나로 만나고 싶은가?

10년 후, 어떤 나로 기억되고 싶은가?

끊임없이 저에게 질문하고 답하고 기록했지요.

질문은 참 좋은 것이랍니다.

나를 성장시켜 주니까요.

정체성에 맞게 미래를 안내해 주니까요.

사명을 발견하게 해 주니까요.

자녀들에게 어떤 부모로 기억되고 싶은가?

요즈음 저에게 던지고 있는 질문이에요.

이 질문을 던진 후 행동한 결과,

나는 내가 너무 좋아지고 있어요.

나를 좋아할 수 있는 방법도 질문이었네요!

여러분은 오늘 스스로에게

어떤 질문을 하고 싶은가요?

한 문장 필사

나를 좋아할 수 있는 방법, 질문이다.

1.

이미 나는 사랑스러운 사람

전은숙

"당신이 가장 사랑하는 사람은 누구인가요?"

위의 질문에 당신 머릿속에서 가장 먼저 떠오른 사람은 정말 행복한
사람 같습니다.

이번엔 다른 질문을 드려 볼게요.

"스스로를 사랑스러운 사람이라고 인정하고 말해 주고 있나요?"

스스로를 사랑스러운 사람이라고 인정해 준다면

다른 사람의 인정을 기다리면서 초조해하거나 지치지 않을 수 있
지요.

내가 나를 진심을 다해 안아주는 모습을 떠올려 보세요.

마음 한 켠이 따뜻해질 겁니다.

세상은 기다리고 있습니다.

사랑스러운 당신에게 좋은 것들을 주기 위해서 말이죠.

"○○○, 사랑해!"

당신의 이름과 함께 "사랑해!"라고 쓰고

큰 소리로 외쳐보세요.

"○○○, 사랑해!"

여러분은 사랑스러운 사람입니다.

한 문장 필사

존재 자체만으로 이미 나는 사랑스러운 사람입니다.

2.
한결같다

전은숙

'한결같다' 단어의 뜻을 사전에서 찾아보았습니다.

'처음부터 끝까지 변함없이 꼭 같다.' 그리고

'여럿이 모두 꼭 같이 하나와 같다.'라는 뜻이 있네요.

삶의 풍요를 위해

변함없이 똑같이 하고 싶은 일은 무엇인가요?

해야만 하는 것이 아닌,

하고 싶은 것을 떠올려보세요.

그리고 한 가지를 오늘 실천해 보세요.

산책을 하면

자연의 한결같음을 알 수 있지요.

독서를 하면

지혜와 성장을 향한 한결같은 마음을 알 수 있고요.

대화를 하면

한결같이 소중한 사람들의 존재를 느낄 수 있어요.

여러분이 선택한,

한결같이 풍요로운 삶을 위해

한결같이 하고 싶은 일을 응원 드립니다.

우리의 풍요로운 삶이

한결같기를 바랍니다.

153

한 문장 필사

풍요로운 삶을 위해 한결같이 하고 싶은 일을 찾자.

3.
탁월함의 시작

전은숙

탁월함.

남보다 두드러지게 뛰어남을 일컫는 말이지요.

인생을 살아오면서 탁월함을 발휘했던 적은 언제였나요?

또는 탁월함을 발휘하고 싶었던 적은 언제였나요?

특정 영역에 있어 탁월함을 발휘하고 싶다면

먼저 소소하게 이룰 수 있는 일들이 무엇인지 생각해 보세요.

그리고 하루에 한 가지씩 실천할 수 있도록

셀프 점검표를 작성하는 거죠.

'잘 하고 있어.'

'오늘보다 더 나은 내일이 될 거야.'

스스로에게 집중하고 있음에

인정하는 말을 해 주어야 한다는 것도 기억해 주세요.

조그마한 행동들을 축적시키는 것.

스스로를 인정해 주는 것.

탁월함의 시작입니다.

한 문장 필사

탁월함, 행동과 인정이 시작점이다.

4.
균형

전은숙

어느 한쪽으로 기울거나 치우치지 아니하고 고른 상태를

'균형'이라고 하죠.

'균형'하면 제일 먼저 떠오르는 이미지가 있나요?

저는 어릴 때 학교 운동장에서 타던 시소가 생각났어요.

어느 한쪽이 지나치게 무겁거나 가벼워 균형이 맞지 않으면

재미가 없어지는 시소처럼 즐거운 인생을 살고자 한다면

역할의 균형,

일과 여유의 균형,

감정의 균형 등이 필요하겠지요.

여러분이 중요하게 생각하는 균형의 영역은 무엇인가요?

그리고 몸과 마음의 균형을 방해하는 것은 무엇인가요?

균형이 깨졌을 때 그것을 회복하는 나만의 방법은 무엇인가요?

자전거를 타면서 균형을 잡으려면 계속 움직여야 하는 것처럼

나에 대한 관찰과 성찰 그리고 질문으로

내 삶의 조화로운 균형을 유지하기로 해요.

균형 있는 삶을 응원합니다.

한 문장 필사

조화로운 균형을 유지하게 위해 노력하자.

1.
나는 원래 건강한 사람이다

진은혜

인간의 몸은 약 60조 개의 세포로 이루어져 있다고 해요.

온몸의 세포 중에 다시 태어나지 않는 세포는 없어요.

일정한 주기로 필요한 만큼 다시 태어나고 사라지죠.

우리가 호흡하는 것을 인지하지 못하듯,

우리 몸이 하고 있는 세세한 일들을 알아채지 못할 뿐인 겁니다.

어떤 삶을 살고 있든,

내 몸에는 건강한 영역이 있습니다.

구름이 끼고 비가 오고 천둥·번개와 눈보라가 칠지라도

하늘은 그대로 존재하고 있는 것처럼 말이죠.

상황들이 변한 것뿐이지요.

가만히 눈을 감아보세요.
그리고 나는 원래 건강하다는 사실을 받아들이세요.
당신은 오늘도 새로운 세포들로 이루어진 아주 건강한 사람이랍니다.
수많은 세포가 나를 위해 일하고 있음에 감사하는 마음을 가져보는
건 어떨까요?
나의 손을 보며 이렇게 인사를 건네 보세요.
"오늘 태어난 새로운 세포야, 안녕? 넌 참 건강하구나!"

건강한 몸과 건강한 생각을 선택하기로 결정한 당신,
세포가 춤을 추고 있군요!

159

한 문장 필사

나는 원래 건강한 사람이다.

2.

유연함과 함께 성장하기

진은혜

유연한 마음을 가진다는 건 어떤 의미일까요?

화가 나는 상황에서도 참기?

답답하게 말하는 사람에게 웃는 얼굴로 응대하기?

다섯 번 도전해도 성공하지 못한 일에 열 번 도전하기?

정해진 것은 없습니다.

끝없는 재해석으로 달라질 수 있지요.

그러나 유연함은,

편협했던 나의 사고를 반성하는 시간과

상대방을 포용하려는 의지가 필요한 것은 틀림없어요.

고치고 싶은 당신의 생각과 감정은 무엇인가요?

나의 포용력이 필요한 사람은 누구인가요?

여러분이 선택한 유연함으로

오늘도 성장하는 모습을 기대하고 응원합니다.

한 문장 필사

유연함을 선택하여 날마다 성장하자.

3.
감사 연습

진은혜

감사하는 삶을 추구한다면
언제나 감사를 의식하는 연습을 해보세요.

삶을 조금만 더 자세히 살펴보면
혼자서 할 수 있는 게 거의 없다는 걸 알게 되지요.
감사할 수 없는 상황이라 해도
감사거리를 찾을 수 있는 능력을 발휘한다면
진짜 감사가 무엇인지 깨달을 수 있습니다.

'왜 나만 이렇게 불행하지?'라는 생각 대신

'내가 이 일에서 감사할 수 있는 건 무엇일까?'라고 상황을 관찰하고
감사를 선택해 보는 거죠.
상황은 바꿀 수 없지만
감사의 힘으로 내 감정과 생각은 성장할 수 있습니다.
물 한 방울이 모이고 모여 강과 바다를 이루듯
감사의 물방울이 모여 나의 삶 전체가 청정바다가 될 수 있어요.

여러분이 선택할 감사를 응원합니다.

한 문장 필사

감사를 의식하는 연습을 하자.

4.
나를 치유해 주는 전환점

진은혜

배우자를 존중하다는 것은 무엇을 의미할까요?

대부분 사람은 최선의 선택이라고 생각하며 결혼을 결심해요.

하지만 부부끼리 함께 살아가는 시간들이 쌓이면서

배우자에게 문제가 있다고 서로 불평합니다.

장점으로 여겨졌던 부분도 단점으로 보이면서 말이죠.

하지만 변한 건 상대방이 아니라

배우자를 바라보는 나의 시선과 마음이더라고요.

배우자를 존중했던 마음을 다시 떠올리면서

서로를 귀하게 생각했던 때로 돌아가 보려는 노력을 하는 건
어떨까요?

비극과 희극은 종이 한 장 차이입니다.

비극은 갈등을 갈등으로만 여기고

해결책은 없다고 단정 짓는 것이고

희극은 갈등을 인정하되 해결책을 찾는 것입니다.

존중이 바로 해결의 열쇠가 되어줄 거라 믿어보세요.

그럼 내 마음이 살아납니다.

상대방을 귀하게 여기는 나의 마음은 결국,

스스로를 치유하는 전환점이 될 수 있습니다.

165

한 문장 필사

존중은 나를 치유해 주는 전환점이다.

1.
지혜로운 삶을 선택하는 자

최덕분

지혜는 하루 이틀에 만들어지는 결과가 아닙니다.

지혜로운 사람이 될 수 있는 방법은 무엇일까요?

지혜롭지 못함은

알고 있는 지식을 실행하지 않은 결과입니다.

지식을 탐구하고 배우기,

경험을 존중하고 배우기,

비판적 사고 발전시키기,

자기반성과 성장 추구하기,

다른 사람과의 소통에서 이해를 중요시하기,

감사와 겸손을 표현하기 등

이러한 습관과 태도를 가지면서

지속적인 실행의 노력과 배움의 자세를 갖추면

지혜로운 사람이 될 수 있지요.

지혜로운 자신의 모습이 되기 위해

오늘 내가 실천할 일을 써보는 건 어떤가요?

오늘 읽었던 책에서 한 가지를 선택하여 기록한 후 실천합니다.

오늘 하루 경험에 대해 '고마워 감사일기'로 피드백 합니다.

오늘 만난 모든 사람에게 "고마워요." 말 한마디를 표현해줍니다.

여러분은 지혜로운 삶을 선택하여

풍요로운 성장의 주인공이 될 수 있습니다.

한 문장 필사

지혜로운 삶을 선택하여 풍요로운 성장의 주인공이 되자.

2.
성장

최덕분

누구나 자신의 경험을 바탕으로 성장을 이룰 수 있습니다.

하루의 삶에서 일어나는 모든 경험을

배움의 씨앗으로 수용하면 성장의 열매가 되죠.

오늘 내게 어떤 배움의 씨앗이 다가올까요?

마음의 문을 활짝 열고 두 팔 벌려 환영해 주세요.

배움의 씨앗은

삶의 기적이 될 것입니다.

성장은,

당신만의 선택에서 경험을 만들어 가는 것이지요.

하루의 삶에서

긍정의 시선으로 성장하고 있는 사람들을 떠올려보세요.

어제보다 오늘 더 성장한 소중한 사람들입니다.

같이 성장하며 배움이 되어줄 한 사람에게

용기 내어 손을 내미는 건 어떨까요?

배움의 씨앗을 선택한 당신에게 응원을 보냅니다.

정말 멋지게 성장하셨네요.

한 문장 필사

배움의 씨앗은 성장의 열매가 된다.

3.
확신의 말

최덕분

확신 있는 사람이 되기를 원한다면

시행착오를 거쳐 성취했던 과정을 떠올려 보세요.

여러분은 살아가면서 삶의 기쁨을 언제 느끼나요?

여러분의 삶에 기쁨을 원한다면

먼저 걷기를 통해 몸의 움직임과 살아 있음을 느껴보세요.

지금 이 순간,

살아 있음에 느끼는 감정,

즉 나만의 걷기 시간을 통해 기쁨을 느끼며

자신을 더 사랑할 수 있을 거예요.

'걷기'를 미루고 싶은 마음이 생길 때마다
"해낼 수 있어!"
자신에게 확신의 말을 들려주세요.

"이 힘든 걷기를 안 할 수 없을까?"라는 말 대신
"만약 지금 이 순간, 내가 걷기를 선택한다면
우아함과 환한 미소로 매력적인 내가 될 거야."
라고 토닥토닥 해 주세요.

확신의 말은
나의 멋진 미래를 만들어 갈 열쇠입니다.

171

한 문장 필사

확신의 말은 멋진 미래를 만들어 갈 열쇠다.

4.
삶의 기쁨

최덕분

여러분은 '기쁨'이란 무엇이라고 생각하나요?

'기쁨' 하면 떠오르는 기억은 무엇인가요?

기쁨은

어떤 욕구가 충족 되었을 때 흐뭇한 마음이나 느낌을 말해요.

하지만 진짜 기쁨은

꿈을 향해 실천해가는 과정 속에 있다고 말할 수 있죠.

그렇다면 순간마다 기쁨의 삶을 누릴 수 있는 방법은 무엇일까요?

되고 싶은 모습 기록하기,

감사의 마음 가지기,

현재에 집중하기,

자기 관리하기, 취미와 관심에 몰두하기,

소중한 사람들과 함께 하기,

새로운 경험과 모험에 도전하기 등

방법들을 실천하면서 자신에게 맞는 기쁨과 만족을 찾아 나가면

됩니다.

또한 기쁨의 삶은 목표가 필요합니다.

삶의 목표를 이루려면 실행의 경험이 있어야 하죠.

실행한다는 건 고통이 따릅니다.

그리고 힘들고 어려운 과정을 이겨냈을 때 기쁨이 찾아옵니다.

173

원하는 목표를 기록하고 실행하여

순간순간마다 기쁨의 과정을 느껴 보세요.

여러분은 자신과의 싸움에서 잘 이겨내고

삶의 기쁨을 알아가는 소중한 분입니다.

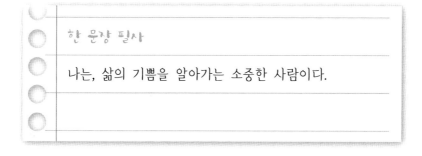

한 문장 필사

나는, 삶의 기쁨을 알아가는 소중한 사람이다.

나가는 글

길경자 _ 1972년 5월생
가치 단어 도전하는 용기
인생 문장 삶은 도전이다

김순애 _ 1977년 12월생
가치 단어 감사
인생 문장 방법을 찾는 사람이 되자

김미경 _ 1976년 4월생
가치 단어 존중
인생 문장 수고했어, 사랑해

김보승 _ 2009년 10월생
가치 단어 행복
인생 문장 잘 하고 있어, 충분히!

김민경 _ 1976년 3월생
가치 단어 배려, 존중
인생 문장 너의 별은 빛나고 있어

김연진 _ 1982년 1월생
가치 단어 사랑
인생 문장 사랑은 아무것도 바꾸려 하지 않는다. 그리고 모든 것을 변화시킨다

김민주
1974년 3월생
가치 단어 감사, 희망, 사랑
인생 문장 살아주어서 고마워

김이루 _ 2006년 10월생
가치 단어 자유, 행복
인생 문장 우리에겐 수많은 선택지가 있었고 그 결과가 지금이다

174

김지혜 _ 1982년 4월생
가치 단어 배움, 성장, 나눔
인생 문장 생각 하는 대로 된다

유선아 _ 1975년 3월생
가치 단어 안정감, 편안함, 유쾌함
인생 문장 나는 나의 빅팬이다

김정화 _ 1978년 1월생
가치 단어 배움, 자유, 행복
인생 문장 세상은 나에게 좋은 것을
            주려고 딱! 기다리고 있다

송지은 _ 1983년 12월생
가치 단어 감사, 사랑, 믿음
인생 문장 마지막 순간에 간절히
            원하게 될 것, 그것을
            지금 하라

175

백미정 _ 1981년 8월생
가치 단어 마음의 중심
인생 문장 그래, 여기까지 잘 왔다

이성화 _ 1970년 8월생
가치 단어 진정성
인생 문장 우리는 각자 특별한
            존재이다

서혜주 _ 1970년 3월생
가치 단어 화평과 성장
인생 문장 온 우주와 교감하라

이정숙 _ 1962년 1월생
가치 단어 감사
인생 단어 세일즈는 돈의 꽃이다

진은혜 _ 1987년 7월생

가치 단어   사랑

인생 문장   사랑은 무엇보다도 자신을
위한 선물이다

전은숙 _ 1976년 1월생

가치 단어   따스함, 감사, 성장

인생 문장   나는 모든 면에서 더욱 더
좋아지고 있다!

최덕분 _ 1970년 6월생

가치 단어   고마움

인생 문장   서툴면 서툰 대로 부족하면
부족한 대로 있는 모습 그
대로 충분히 괜찮아